LE LIT DES PARENTS

D0917923

Pour Julien, tendrement
MB

Pour Marianne!
CNV

ISBN 978-2-211-20497-2
Première édition dans la collection *lutin poche* : avril 2011
© 2011, l'école des loisirs, Paris, pour l'édition en *lutin poche*
© 2007, Kaléidoscope, Paris
Loi numéro 49 956 du 16 juillet 1949 sur les publications
destinées à la jeunesse : septembre 2007
Dépôt légal : avril 2011
Imprimé en France par Pollina à Luçon – L56807

Christine Naumann-Villemin – Marianne Barcilon

LE LIT DES PARENTS

kaléidoscope
lutin poche de l'école des loisirs
11, rue de Sèvres, Paris 6ᵉ

Toutes les nuits, Léo va dans la chambre de ses parents.

Une fois parce qu'il a mal à sa piqûre de moustique.

Une autre fois, il a trop chaud à un doigt de pied.
Ou alors, son Douzumain s'est égaré.

Parfois il a soif. Ou envie de faire pipi.

Certaines nuits, soudain, il a très très très faim.

Ou bien il a fait un cauchemar :
« Maman ! J'ai peur ! »
« Tu as peur de quoi ? » demande maman,
d'une voix très endormie.
« J'ai peur… des abeilles qui ont des fusils. »

« Les abeilles qui ont des fusils, ça n'existe pas »,
proteste maman en bâillant. « Retourne te coucher… »

Mais quelques minutes plus tard, Léo revient :
« Papa ! J'ai peur des abeilles qui n'existent pas ! »
« Et qu'est-ce qu'elles te font, ces méchantes
qui n'existent pas ? »
« Ben, elles me font peur, tiens ! »

Et c'est comme ça que Léo finit
sa nuit dans le grand lit de papa-maman.
Quand les parents ne dorment pas encore,
ils ramènent Léo dans sa chambre.
Mais souvent, les parents dorment.

Mais papa et maman en ont assez.
Le lit des enfants, c'est pour les enfants
et le lit des parents, c'est pour les parents.
« Léo, cette fois, tu restes dans ta chambre.
Cette nuit, c'est la Grande Nuit d'hibernation des ours.
Nous allons dormir jusqu'au printemps.
Alors, chacun dans son lit ! C'est compris ? »
« Oui. »

Mais dès que les parents sont endormis,
Léo se sent un peu triste.
Et puis papa et maman sont blottis tout câlinous.
Léo veut son câlin aussi.

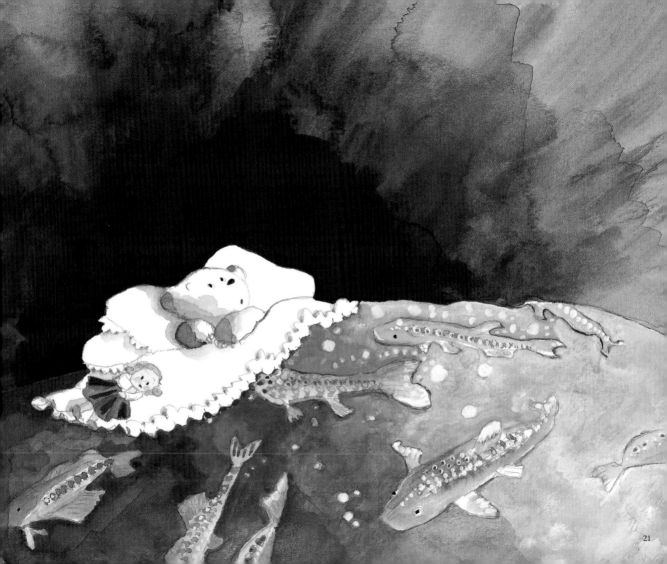

Alors, il prend son Douzumain et se glisse sous leur couette.

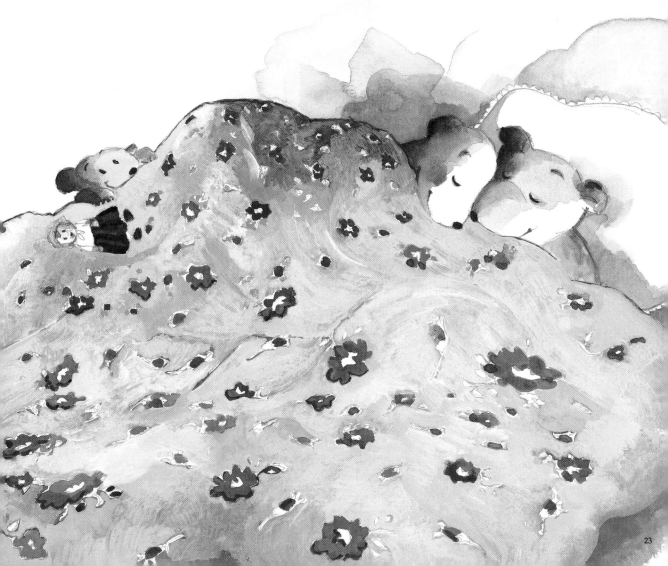

Cette nuit est très longue, vraiment très longue.

Parfois, papa se gratte.

Parfois, papa ronfle.

Parfois, maman se trompe :

« Mmmm, mon gros mari chéri, quel bon gros bidon… »

Il arrive que papa se retourne.

Il arrive que maman fasse un petit prout.

Ou que papa rêve.

Et puis maman tire toute la couverture.

Léo veut son Douzumain. Ho ! Il est sous les fesses de papa !!

« Pauvre doudou ! »

Léo tire Douzumain par une patte.

C'est dur, il faut chatouiller un peu papa pour qu'il remue.

« Ho ! Tu es tout écrabouillé ! »

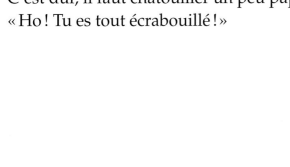

Léo réfléchit :
« Pffff, si je me rendors et que tu passes toute la Grande Nuit ici,
papa ou maman vont encore t'écraser et tu ressembleras
à une vieille crêpe au printemps ! »
Alors, Léo décide de ne pas dormir pour protéger son doudou.
Mais ce n'est pas facile.

« Allez, viens mon Douzumain, je sais où tu seras bien
tranquille et bien au chaud. »
« Hein ? Quoi ? Qu'est-ce que tu dis, Douzumain ?
T'as soif ? Voilà. »
« Quoi ? Tu as mal à ton petit doigt ? Là, voilà, un bisou,
un peu de pommade de mon cœur et c'est fini…
Ne t'en fais pas, mon petit doudou, je serai toujours là
pour toi… Allez, rendors-toi… »

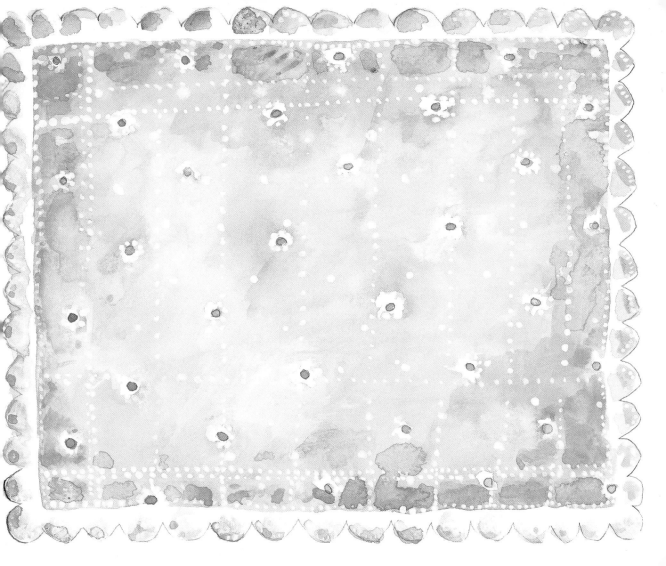